思维是灵魂的自我谈话。（柏拉图） 瓦力·德·邓肯

致我八岁时的影子。欢迎回来。 克里斯多夫·德弗斯

图书在版编目（CIP）数据

影子的故事／（比）瓦力·德·邓肯文；（比）克里斯多夫·德弗斯图；王奕瑶译.
－－济南：山东教育出版社，2018
（瓦力·德·邓肯作品系列）
ISBN 978-7-5328-9859-6

Ⅰ.①影… Ⅱ.①瓦… ②克… ③王… Ⅲ.①儿童故事—图画故事—比利时—现代 Ⅳ.①I564.85

中国版本图书馆CIP数据核字(2017)第186257号

山东省著作权合同登记号：图字 15 -2017-108

Text copyright ⓒ Wally De Doncker

中文简体字版由山东教育出版社有限公司在中国大陆地区独家出版发行
版权代理公司：北京百路桥咨询服务有限公司

瓦力·德·邓肯作品系列

YINGZI DE GUSHI

影子的故事

〔比利时〕瓦力·德·邓肯／文
〔比利时〕克里斯多夫·德弗斯／图
（第70页插图绘者：塞巴·德弗斯）
王奕瑶／译　张雯／审译
主管单位：山东出版传媒股份有限公司
出　版　人：刘东杰
责任编辑：王慧　侯文斐
美术编辑：蔡璇
装帧设计：于洁
出版发行：山东教育出版社（地址：济南市纬一路321号　邮编：250001）
电　　话：（0531）82092664
网　　址：www.sjs.com.cn
印　　刷：上海利丰雅高印刷有限公司
规　　格：787mm×1240mm　1/16
印　　张：6.25
字　　数：70千
版　　次：2018年10月第1版
印　　次：2018年10月第1次印刷
印　　数：1-5000
定　　价：68.00元

（如印装质量有问题，请与印刷厂联系调换）印厂电话：021-68919900

瓦力·德·邓肯作品系列

影子的故事

〔比利时〕瓦力·德·邓肯 / 文

〔比利时〕克里斯多夫·德弗斯 / 图

王奕瑶 / 译　　张雯 / 审译

山东教育出版社

影子

拉尔斯走在家旁边的小路上，
迎着风张开双手，
学着爷爷的样子，想和风来个拥抱。
迎面而来的风，又温柔，
又温暖。

拉尔斯转了个身。
他倒退着向后走。
两旁的树木就向前走。
他的家看起来和他的手掌一样大。

妈妈正在晾衣服，
她还没拉尔斯的拇指大呢。

太阳高高挂在天上。
这是今天太阳能爬到的最高的位置了。
拉尔斯的脖子被晒得暖洋洋的。
他停了下来，
努力望向太阳。
他只能眯起眼睛，从细缝望过去。

没什么别的办法。

即使这样，阳光还是太强了。

当他紧紧闭上眼睛的时候，眼前还有奇怪的小虫在一片漆黑中飘浮着。

拉尔斯跑了起来，

他竭尽全力地奔跑，

比自行车还快，

快到几乎感觉不到腿的存在了。

他气喘吁吁地靠着一棵树坐了下来。

他的影子也气喘吁吁。

以同样的节奏。

但没有声音。

拉尔斯把手举到头上。

他的影子跟着把手举到头上。

拉尔斯直直地站了起来。

他的影子也站了起来。

"嘿，你是猴子吗？"拉尔斯对他的影子说。

他飞快地在原地转圈。

他的影子也跟着转了起来。

在同一时刻。

分毫不差。

"你是怎么知道我要做什么的？"拉尔斯问道。

他等着影子的回答，

但影子沉默着，什么也没说。

拉尔斯往影子上踩。

踩影子的脚。

踩影子的腿。

影子的肚子。

影子的右臂。

影子的手。

"够了!"

拉尔斯好像听到了自己的声音,

只是这声音听起来更深沉一些。

他惊讶地停了下来,

又抬起脚想继续踩。

"你敢!"

拉尔斯害怕了。

他的脚小心地落在影子边上。

"很好。"他听见一个声音说。

"谁在讲话?"他一边问,一边四处打量。

"我!"

"'我'是谁?"

"'我'当然就是我啊。"

拉尔斯搞不明白了。

他在做梦吗?

他用食指狠狠地敲了敲自己的额头。

啊,好痛啊。

不,他不是在做梦。

"我好像在自言自语。"他说。

"也可以这么说!"

"你是我脑袋里的声音吗?"

"嗯?"

"你像是我脑袋里的想法,现在变成声音讲了出来。"拉尔斯说。

"不,其实我是你的影子!"

"这不可能。影子根本不会说话!"

"现在开始习惯吧。我一直都会说话,只是你听不到而已。"

"那我现在怎么突然听到了呢?"

"这是偶然情况。只有百万分之一的机会发生。这也和太阳的高度、空气的厚度和云的位置有关。

对一个小孩解释起来太困难了。"

"你是用我的嘴巴来讲话吗？"

"是用你嘴巴的影子。这区别可大着呢。"

"影子就会模仿。我不想讲话了。我想玩游戏。"拉尔斯叹了口气，四处张望。

"我也是。"影子说。

"捉迷藏怎么样？"拉尔斯问。

"我哪里也藏不了。我和你牢牢连着呢。"

"这多没意思啊。你就不能松开一会儿吗？"

"能啊。但得等到没有太阳直射或者晚上的时候。"影子回答道。

"那我们先一起捉迷藏吧。"拉尔斯笑着，一边说一边钻进了树丛。

他们一动不动过了好久。

"现在什么情况？"影子问道。

"咦，我不知道。或许你现在应该来找我。"

"找不了啊。我和你一起在这儿藏着呢。"

"拉尔斯！"他们听到从远处传来一声呼喊。

"妈妈叫我。该吃饭了！"拉尔斯说着，爬出了树丛。

家

拉尔斯快步朝家走去。

他的影子和他一起走着。

"比比谁更快到家？"拉尔斯喘着气说。

"太阳在你背后，所以我赢定了。"影子笑着说。

拉尔斯以最快的速度跑了起来。

但这没什么用。

影子一直跑在他的前面。

"我赢啦！"影子在到达花园小径的那一刻欢呼道。

拉尔斯靠着墙气喘吁吁。

"拉尔斯，你在哪儿？"妈妈喊。

"我已经回来了！"他一边回答，一边打开了后门。

"你来一起吃点吗？"拉尔斯问影子。

"不用，你吃就够了。你胖，我也胖。你瘦，我也瘦。"

"你自己看着办吧，"拉尔斯咧开嘴笑了，"我可饿坏了。"

他进屋关上了身后的门。

屋子吞没了他的影子。

"你在和谁说话？"妈妈问。

"和我的影子。"拉尔斯回答。

"说得像真的一样。"妈妈轻笑道。

"千真万确。"

"你遗传了爷爷的想象力。"妈妈微笑着，

把意大利面盛到他的盘子里。

拉尔斯用叉子卷起意大利面放进勺子里吃，

"好吃吗？"妈妈问。

"好吃。"他微笑着回答。

妈妈给自己也盛了面。

"那么你的影子说了什么？"她好奇地问。

"哦，他说我现在能听到他说话是个偶然。"

"我还从来没有听到过自己的影子说话呢。"妈妈说。

"这只有百万分之一的机会，影子说的。"拉尔斯点点头。

他在意大利面上挤了些番茄酱。

妈妈也开始吃了。

"我是你生出来的，对吗？"拉尔斯问。

"这有什么好问的。你明明知道吧？"妈妈笑了。

"是的，当然知道，但是我想知道我的影子是你的影子生的吗？"

"你的影子是我的影子生的？"她重复了一遍。

"对，你怎么想？"

"不，当然不是。听着，太阳照在你的身体上时，照不到的地方会暗一点。那就是影子。对人来说是这样，对动物、树木、房子来说也是这样。房子当然不会被生出来吧？"

"是不会，"拉尔斯笑了，"但是你的影子和你简直一模一样，

所以你的影子也是我的影子的妈妈。"

"我觉得不是。"妈妈说。

"我觉得就是，"拉尔斯点了点头，"我的影子肯定也在你的影子的肚子里待过。"

妈妈摇头。

"一定是这样的，妈妈。"

"你是我人生中收到的最美好的礼物。"妈妈感叹道。

"是我和我的影子。"拉尔斯补充说。

"好吧，是你和你的影子。小傻瓜！"妈妈笑了。

手电筒

拉尔斯和爸爸在电视前闲坐着。

爸爸闭着双眼。

拉尔斯睁着双眼。

他的眼睛看着屏幕上的画面，但他的心思不在这上面。

他在想他的影子。

他现在会在哪里呢？

妈妈在浏览社交网站。

"安索菲要搬回来住了。"她说。

"嗯。"爸爸惊醒了，应了一声。

"我可以上床去了吗？"拉尔斯问。

"现在？这么早？"妈妈吃了一惊。

"是的，我累了。"他说着假装打了个哈欠。

"你看，爸爸等会儿还要再给你读个故事呢。"

"嗯，是的。"爸爸打着哈欠回应。

"不，今晚不用了。我真的太累了。"

妈妈把目光从电脑屏幕上移开看了过来。

"你不会是病了才这么说的吧？"她担心地问。

她摸了摸拉尔斯的额头。

"没有。我只是累了而已，不行吗？"

拉尔斯亲了亲爸爸妈妈，拖着脚步离开了客厅。

"我待会儿去给你盖被子。"妈妈仍在说。

"不，不用了。我会自己盖好的。"他打着哈欠说。

妈妈皱了皱眉头。

"他长大了。"在门被关上前，他听到妈妈这样说。

拉尔斯从走廊溜进爸爸的书房。

他把手深深地探进办公桌最下面的抽屉里。

拉尔斯知道那儿放着爸爸的手电筒。

他摸到了手电筒，然后踮着脚尖上了楼梯。

回到房间，他站上一把椅子，拉紧天窗的窗帘。

因为手里还拿着手电筒，这让他动作有点困难。

现在房间里漆黑一片了。

拉尔斯打开手电筒，从椅子上跳了下来，

他把光线照向房间里的每一个角落。

"影子，你在哪儿？"他问。

影子没有回答。

"影子，你睡了吗？"

拉尔斯找了找床底下，柜子里。

"别这样，我想见你！"拉尔斯有点生气了。

影子仍然躲藏着。

房间里一片寂静。

就这么过了好久……

拉尔斯放弃了，把手电筒扔到床上。

这下他的影子出现在了墙上。

"我在这儿！"影子欢呼着。

"你总算出来了。"拉尔斯叹了一口气。

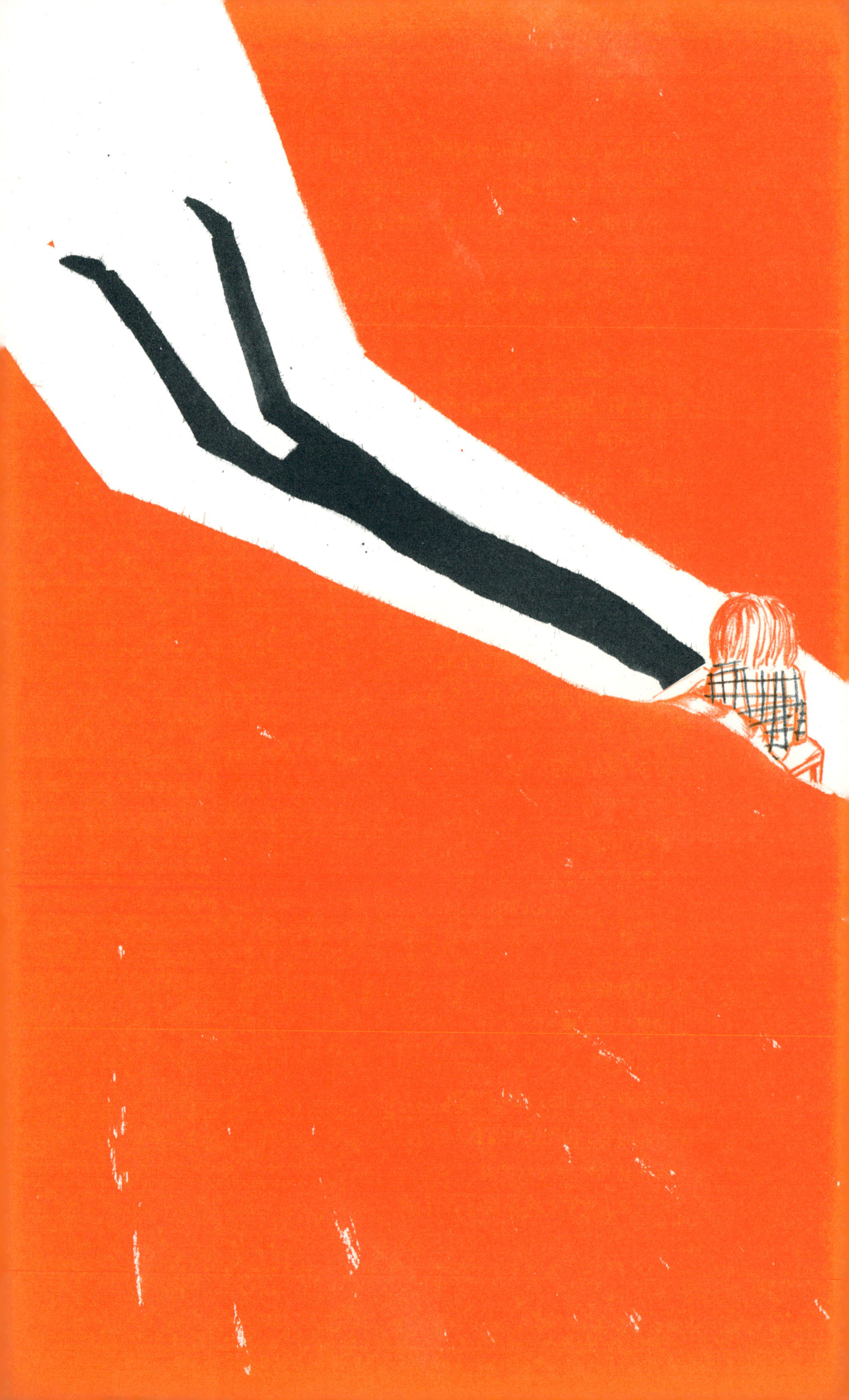

"只有当你把手电筒照向自己的时候才能见到我。"
影子说。

"哦，对，有道理。"拉尔斯点点头。

他试着摆放手电筒的位置，好让自己看到整个影子。

"我很高兴你能在这儿。"拉尔斯说。

"哦，好吧，为什么呢？"

"我每时每刻都在想你。脑子里都是你。
连看电视的时候也是。"

"真的吗？我对你来说这么重要吗？"

"当然。有我才有的你。"

"没错。"影子微笑着说。

"你有名字吗？"拉尔斯问。

"没有，我不知道我要名字有什么用。"影子回答说。

"我希望你能有个名字，这样聊起天来更方便。"

影子想了一会儿。

"好吧，就叫我小黑吧。"

"小黑？"拉尔斯跟着念道。

"是的，小黑就是影子。"

拉尔斯用双手的影子摆出各种动物的形状。

"这是什么？"

"一只兔子？"小黑猜道。

"错！"拉尔斯笑着说。

"一只狗？"

"也不是，是一头鹿！你没有一下子就看出来吗？"拉尔斯问。

"我几乎什么都看不出来。一个影子很难看到别的影子。"

"你自己也有个影子吗？"拉尔斯问。

"没有，"他笑了，"或许也有吧，就是你。"

“我？”拉尔斯惊讶地问。

“是的，你也是一种影子。不过我不会叫你影子。因为，就算没有光线你也是存在的。”

“你觉得呢？”拉尔斯按灭了手电筒。一片漆黑。

“你还在吗？”拉尔斯问。

小黑没有回答。

“小黑……”拉尔斯轻轻喊了一声。

房间里什么声音都没有，直到拉尔斯再次按开他的手电筒。

“你刚才消失了！”拉尔斯吼道。

“你也是。”小黑点头。

“你没看见我，但我其实就在这里。”拉尔斯微笑着说。

“你能证明吗？”小黑问。

“当然。”

拉尔斯熄灭了手电筒。

“你现在看不见我，但是你一定能听见我。”

拉尔斯又打开了手电筒。

“你看到了吧？”拉尔斯问。

“你是想说听到了吧？”小黑笑着说，“我刚才没听到你。这儿暗下来的时候，我就不在了。”

“那你刚刚去哪里了呢？”

“一片漆黑的时候，大影子吸收了所有其他的影子。”

“你现在能听见我说话吗？”拉尔斯问。

“并不是真的‘听见’。我只是能感觉到你。”

“我想要你待在这儿。”拉尔斯说。

“只要你不关手电筒，我就能陪着你。”

“哦，真好。”拉尔斯打了个哈欠。他把手电筒放在身边。

过了几秒钟他们俩都睡着了。

拉尔斯平躺在床上。

小黑竖在墙上。

海格

"醒醒!"妈妈大声说着开了灯。

拉尔斯伸了个懒腰。小黑也是。

"你没换睡衣。"妈妈说。

"我累得没力气换了。"拉尔斯打着哈欠说。

"你现在还累吗?"

"不,一点都不累!"

"很好,你知道表妹今天要来玩吧?"

"太好了,海格要来了!"拉尔斯欢呼着,从床上跳了下来。

他的影子一起做着同样的动作,直到妈妈打开了天窗。

早餐后,拉尔斯去花园库房,

把他的户外玩具搬出来。

他把圆顶帐篷一抛,帐篷就自动打开立好了。

他用钩子把帐篷固定在草地上。

太阳已经高高挂在天上了。

小黑和拉尔斯一起走着。

"海格要来了你开心吗?"小黑问。

"开心啊,我觉得和她一起玩很棒。"

"她漂亮吗?"

"漂亮!"

"你喜欢她吗?"

"不,我喜欢另一个女孩。她叫莉泽。"

"为什么你不喜欢海格呢?"

"那不行!"拉尔斯说。

"为什么不行?"小黑惊讶地问。

"因为她是我的表妹,"拉尔斯回答,"她是家人。"

"你不能喜欢家里的某个人吗?"

"喜欢可以,妈妈说,但不能结婚。"

"这真傻。"小黑说,"喜欢的滋味是怎样的?"

"那是一种美妙的感觉,"拉尔斯自信地点了点头,"肚子里会痒痒的,世界看起来也更美了。"

"我还从来没喜欢过谁呢。"小黑有点难过地说。

"真没有?"

"我该怎么做才能喜欢上谁呢?"他问。

"没办法。这只能顺其自然。"拉尔斯回答。

突然,他们听到一阵轻快的脚步声。

"海格!"拉尔斯微笑起来。

小黑躲到拉尔斯背后。

"咱们去玩什么?"海格还没打招呼就问。

"我不知道。"拉尔斯犹豫道。

"玩上学游戏怎么样?我当老师,你当学生?"

"不,反过来,我当老师,你当学生。"

"行,"海格同意了,"只要我们过一会儿再换过来就好。"

拉尔斯把黑板靠在露台的桌子边上。

海格走到椅子边站好。

"早上好,孩子们。请坐!"

"早上好,老师!"海格大声说。

拉尔斯在黑板上写了一些算术题。

海格以最快的速度把它们解答出来。

这些题并不难。

"下课, 现在是游戏时间!" "老师"宣布。

"现在就下课?"海格惊讶地问, 然后立刻放下了粉笔。

她从黑板旁跑开, 冲向拉尔斯的自行车, 然后骑车飞快地穿过花园小径。

"老师"背着手走过"操场"。

"过会儿就该轮到我骑了!"拉尔斯喊。

"不!"海格回答。

拉尔斯生气地看着她。

海格骑了四圈后拉尔斯不耐烦了。

他叉着胳膊站在小路中间。

海格赶紧用力刹车。

"现在真的该轮到我了!"他说着牢牢抓住车把。

"老师不能在操场上骑自行车!"海格喊。

"为什么不能?"拉尔斯问。

"因为老师必须站在边上监督。"她回答。

"那我从现在起不当老师了。现在你是老师。"拉尔斯一边说, 一边从她手里抢过自行车。

海格松开自行车。"我不跟你玩儿了。你自己一个人玩儿去吧!"她生气地吼道。接着, 她抽抽搭搭地走到拉尔斯妈妈那儿, 在露台桌子旁坐下。

拉尔斯根本不在意海格的话,

他开心地骑起了自行车。

"过会儿就该轮到海格了!"妈妈严厉地说。

"好——吧!"他懒洋洋地应了一声。

每次拉尔斯骑过露台的时候, 都挑衅地朝海格吐舌头。

海格呢?每次都拉着脸假装伤心。

拉尔斯骑了一圈又一圈。

"现在轮到海格了。"妈妈说。

"不, 这是我的自行车!"拉尔斯生气地大喊。

妈妈做出好像要追过去抓他的样子。

他把自行车摔到地上, 飞快地逃到了帐篷后面。

他再也不想见到任何人。

帐篷

太阳照在帐篷上。小黑出现在帐篷的帆布上。

"怎么了？"他问。

"唔……"拉尔斯回答。

"什么？"小黑又问了一遍。

"海格太讨厌了。"

"为什么？"

"她骑*我的*自行车。"

"这就是自行车的用处啊，不是吗？"小黑笑了起来。

"是的，但那是我的自行车，应该我说了算。"

"这样啊，那么所有属于你的东西，都是你说了算吗？"

"我就是这么想的。"拉尔斯点头。

他往后坐了一点，

这样他可以更好地在帆布上看到小黑。

"那我永远不可能成为能做主的老大了，"小黑叹气道，"因为我什么都没有。"

"什么都没有？连足球都没有吗？"

"没有。"

"帐篷呢？"

"没有。"

"自行车呢?"

"没——有,什么都没有!"小黑闷闷不乐地回答。"只有抓住什么东西,才能拥有什么。"

"你什么都抓不住吗?"

"是啊,连我自己都抓不住。"小黑叹气。

拉尔斯走过去拿起了球。

他站到帆布前。

"现在你不就抓住我的球了吗?"拉尔斯笑着说。

"不,那是你的球的影子。我没有抓住你的球。"

"但是这看起来很像了呀!"

"'看起来像'和'是'是不一样的!你看见我抓了颗球,但是我感觉不到它。"

"怎么会这样?你能感觉到它是圆的吧?"

"感觉不到。"

"光滑的?"

"感觉不到。"

"那你什么也感觉不到吗?"

"不,我能感觉到很多东西,但和你能感觉到的不同。"

"为什么?"

"我有时候觉得快乐,有时候觉得伤心。"

"我也会有这样的感觉!"拉尔斯笑了。

"真的吗?真是这样的吗?"小黑问。

"我觉得快乐溜得比伤心快。"拉尔斯说。

"有可能,我还没有这么想过。"小黑微笑着说。

被发现了

海格偷偷溜进帐篷里。

她看见拉尔斯的影子在帆布上移动着。

她一动不动地躺着。

拉尔斯正在说话。

她听不清他在说什么。她把耳朵贴到帆布上。

"你以前当过别人的影子吗？"拉尔斯问。

"那是不可能的事！"小黑笑了。

"为什么不可能？"拉尔斯惊讶地问。

"我是光线照在*你*身上产生的，所以不可能成为别人的影子。"小黑回答。

"那要是我现在鼻子变长了，你会怎么样呢？"拉尔斯问。

"那么我的鼻子也会变长。"小黑点点头说。

海格吓了一跳。

她只听到了拉尔斯的声音。他在和谁说话？

拉尔斯挺起肚子。小黑也一起挺起了肚子。

拉尔斯突然转身。他快速挥动双手。

小黑也跟着做起了一模一样的动作。

拉尔斯努力想让小黑跟不上他的动作，但就是甩不下他。

"嘿——！"海格从帐篷里跳出来大喊一声。

拉尔斯吓了一大跳。

"你在跳舞吗？"

"呃，是的。"拉尔斯说。

"没有音乐？"海格咧嘴一笑。

"没有音乐也可以跳啊。"他吞吞吐吐地说。

"我听见你在跟人讲话。"海格凑到他耳边轻轻地说。

他现在该说什么？要撒谎吗？还是跟她说实话？

拉尔斯沉默了。

"你怎么不说话？"海格不耐烦地问。

"你能保守秘密吗？"拉尔斯问。

"一个真正的秘密吗？不能告诉任何人的？"

"谁都不能说，除了你和我……还有我妈妈。"拉尔斯点点头。

"你妈妈也知道？"海格问。

"是的，但她并不相信我说的……"

"太刺激了，快说！"海格说。

"好吧，你过来一点儿。"

海格紧靠到他身边。

拉尔斯手围喇叭对准她的耳朵。

"我在和我的影子说话。"他小声地承认了。

拉尔斯的声音在海格脖子上激起了一片鸡皮疙瘩。

"别说！"小黑喊道。

"和谁？"海格大声地问。

"和小黑，我的影子……"拉尔斯轻轻回答。

"不！"小黑喊了起来。

"嘘——！"拉尔斯示意他安静。

"……小黑?"海格问。

"是的,他就叫小黑。"

"这不可能!"

"如果你不相信我,我就再也不透露秘密给你了。"

"但影子是不会说话的。这谁都知道。"海格继续说。

"我的就会说话!"

"他是怎么会说话的?"海格问。

"这和太阳的高度、空气的厚度和云的位置有关。"

"这是谁说的?"海格问。

"我!"小黑回答道。

"听到了吧?"拉尔斯指着他的影子说。

"听到什么?"海格问。

"小黑的声音!"拉尔斯笑着说。

"没有,真的没有!"她说。

"她听不见我。我说话的声音只在你的脑海里。"小黑解释说。

"在我的脑海里?"拉尔斯问。

"是的,这很奇怪吗?"小黑问。

"这当然奇怪了!"拉尔斯哈哈大笑。

海格疑惑地看着他。

"你在跟我开玩笑吗?你装得好像在和谁说话似的。"

"才不是!小黑说你听不到他说话。"

"现在可以停下了,拉尔斯,"海格说,"我的耳朵好着呢,也许我的听力比你还好。这些都是你编造出来的。"

"我真的存在啊!"小黑喊道。

"他说他真的存在!"拉尔斯替他传话。

"我没听见他的声音。"海格说。

"你耳朵聋了！"小黑说。

"他说你耳朵聋了！"

"我才不聋呢。我能听见你啊！"

"小黑的意思是你听不到影子的声音。"

"因为他根本不存在！"说着，海格将视线转向了影子。

"她能看到我啊！"小黑说。

"你能看到他吗？"

"的确能。"海格点点头。

"你看得到我，那我不就是存在的吗？"小黑笑了。

海格不知道她该怎么想。

"我才不要被当作傻瓜，拉尔斯。继续和你的小黑玩儿吧。我可以一个人玩儿。"她摇摇头说。

"咱们踢足球怎么样？"拉尔斯跟在她身后问。

小黑和他一起走着。

海格耸了耸肩。

"那我呢？"小黑问。

"今晚再聊。"拉尔斯悄悄说。

"走得离海格近点儿！"小黑提议。

"为什么？"拉尔斯问。

"你就按我说的做！"

海格已经拿好了球。

拉尔斯站到她旁边。

他们的影子融在了一起。

"哦，太棒了！"小黑说。

海格把球扔到拉尔斯跟前。

拉尔斯用力把球踢了出去。

真实

妈妈给拉尔斯读一本把字母当成人物来写的书。

这是他最喜欢的书。

不过这一次他的注意力并不在书上，

但他没让妈妈察觉。

当字母们做出好笑的事时，他反而笑得比平时更夸张。

拉尔斯很喜欢妈妈给他读故事。

这样他可以摸到她。

闻到她。

听故事的感觉如此与众不同。

就像没人碰触却感受到拥抱一样。

拉尔斯有点不耐烦，因为他想和小黑说话。

妈妈合上书。

"明天再继续给你读。"说着，她亲了亲拉尔斯的额头。

拉尔斯伸直身体，让妈妈给盖好被子。

妈妈关上了灯。

门一关上，拉尔斯就立刻伸手往床底下摸。

他花了好一会儿才找到手电筒。

他挺直腰杆坐了起来，把手电筒对准自己。

小黑出现在墙壁上。

"你总算出现了!"他小声咕哝。

"怎么了,你等了很久吗?"拉尔斯问。

"我觉得挺久的。我肚子里有点发痒。"小黑说。

"为什么?"

"我不知道。即使在黑暗里,我也摆脱不了。自从触碰过海格的影子之后我就有这种感觉。"

拉尔斯笑了。

"那我知道现在是什么情况了!"

"怎么回事?"小黑问。

"你喜欢上她的影子了!"拉尔斯笑着躺倒在床上。

"你真这么想?"小黑一边问一边也扑通躺了下去。

"当然!"

"这感觉真好!"小黑感叹。

"我早就告诉过你了。"

"是的,但现在我亲身体会到了。我永远都不想失去这种感觉。"

他们伸直身体躺在床上,

直到拉尔斯猛地坐了起来。

"爸爸!"

他把手电筒藏到枕头底下。

"还没睡吗?"爸爸问。

"就要睡了。"拉尔斯回答。

他马上关掉了手电筒。

爸爸抓住了他的手。

"逮个正着!"他说。

爸爸打开灯,坐到床上。

"你生气了吗?"拉尔斯小声地问。

"我为什么要生气?"

"因为我玩你的手电筒。"

"不，我一点都不生气，"爸爸微笑着说，"我小时候也偷偷玩过手电筒。我用它在被窝里看书。"

"你在被窝里能呼吸吗？"

"我会把被子拱起来做一个透气孔。"

拉尔斯把羽绒被拉到头上。

他从枕头下拿出手电筒。

"爸爸，进来瞧瞧。"

爸爸把头钻进被子下。

"这样吗？"拉尔斯一边拱起羽绒被一边问。

"嗯，差不多就是这样。"他点点头。

"一起钻在被子底下真有趣，是吧？爸爸。"

"是啊，"爸爸微笑着说，"不过你现在真的该睡了。"

拉尔斯躺好。

这回是爸爸给他盖好了被子。

盖得比妈妈快一点。

拉尔斯听到爸爸下楼的声音。

等到走廊上没有声音后，他又打开了手电筒。

"小黑？"

"在！"

"你刚刚在哪儿？"拉尔斯问。

"在黑暗里。"小黑回答。

"和其他影子在一起吗？"

"是的。"小黑点头。

"也和海格的影子在一起吗？"

"是的，她的影子也在。"

"你见到她的影子了吗？"

"那里的影子和人一样多，不可能找到她的影子，而且我说的这些还只是人类的影子。"

"这是怎么回事？"

"你应该知道动物也有影子吧？"

"是的，"拉尔斯点头，"还有树和花。"

"房子、自行车、汽车……事实上所有光照射到的东西都有影子。"小黑补充道。

"所以那里非常拥挤喽。"

房间里安静了好一会儿。

拉尔斯思考着他的下一个问题。

"你觉得在影子的世界里有趣吗？"

"还不错。"小黑点点头。

"你在那里住一间房子吗？"

"不，才不是呢。我们不需要房子，因为我们不占地方。"

"什么意思？"

"所有的影子加在一起能有太阳那么大，甚至更大。我们可以和宇宙一样大，但我们也能不占地方，就像针头一样小。"

"咦？"

"这很难解释。你要真正成为一个影子才能明白。"

"那太遗憾了。"拉尔斯打着哈欠说。

"你累了吗？"小黑问。

拉尔斯没有再回答。

他躺在床上翻了个身。

睡着了。

谈话树

这天是星期三。

照例要和爷爷一起度过这个下午。

奶奶不在家。

她今天得去学校给新生登记报名。

这是她的假期任务。

奶奶给大孩子们上课。

上算术课。

拉尔斯觉得和爷爷待在一起很开心。

他早就想好要如何度过这个下午了。

先是喂法拉——一只小狗——吃东西。

法拉在它的盘子边上等着。

等拉尔斯喊一声："吃！"它就立马开始吃起来。

之后拉尔斯可以给山羊和绵羊喂谷子，

他觉得干这个活很有趣，

光是闻着谷子的香味就让他觉得开心。

拉尔斯把谷子倒进饲料槽里。

山羊和绵羊都跟在他后面。

爷爷时刻关注着他的情况。

有时候绵羊会迫不及待地扑倒拉尔斯，

这时, 爷爷就会赶紧把绵羊赶开。

拉尔斯觉得这工作有时很危险, 同时又很刺激。
羊群总是喜欢和拉尔斯一起走。
它们每吃一口饲料, 就跟着再走几步。
它们一直跟着拉尔斯, 直到他手上再也没有饲料。

喂完羊, 拉尔斯和爷爷会带着法拉出门。
他们在小路上散步。
爷爷会滔滔不绝地讲很多话,
拉尔斯也是。
有时候爷爷会讲起以前的事,
在他还是个孩子时做的事。
像是爬树啦,
像是他们当时成立的俱乐部的朋友啦,
还有他们怎么用树枝和树叶做营地啦。
拉尔斯也想加入这样的俱乐部,
但是这大概实现不了,
他的小伙伴都住得很远。

走到半路, 爷爷和拉尔斯停在了谈话树下。
"听! 他们正在闲聊呢! " 爷爷微笑着说。
这些树发出一种吱吱的尖锐的声音。
爷爷认为他们真的会说话, 但拉尔斯知道是怎么回事。
一根电线紧挨着树干。一丁点儿的风, 就会让电线摩擦树干, 发出奇怪的
声音, 就好像树在说话。
这有一点吓人, 拉尔斯觉得。
"这些树在说什么, 爷爷? "
"哦, 他们在聊咱们呢。" 他说。
"他们说什么了? "
"他们说, 你一下子就长大了。他们还问你在学校用不用功。"

"当然用功！"拉尔斯大声喊道，这样就能让这些树听到他的回答。

"他们说你很像我。"爷爷转达。

"他们为什么这么说？我可比你小多了。"拉尔斯惊讶地说。

"他们说的是当我还是个孩子的时候。"

"他们已经在这里这么久了吗？"

"是的，"爷爷点点头，"不过那时候他们还不会说话。"

"为什么？"

"他们那会儿还太小了。小婴儿也不会说话吧？"

"那为什么只有这三棵树会说话呢？"拉尔斯问。

"这我也不知道。说不定其他的树也会说话，只是我们听不见他们的声音而已。"

"那他们的影子也会说话吗？"拉尔斯问。

爷爷惊讶地看向拉尔斯。

"很有可能。这我真不知道。我得好好想想这个问题。"

"我想能的，"拉尔斯说，"这和太阳的高度、空气的厚度和云的位置有关。"

爷爷看着他微笑。

"这些树是对的。想不到你跟我那么像。"

"好了，我们该回去了。奶奶快到家了。"

"耶！那我就可以和奶奶一起去逛街了。"

"你觉得逛街有趣吗？我可不太喜欢逛街。"爷爷表示。

"我喜欢。每次我都能选一袋糖果！"拉尔斯一边大喊，一边追着受了惊吓的法拉奔跑。

保龄球

今天是星期五。

拉尔斯和妈妈站在门口等着，

海格开了门。

一看到拉尔斯，她开心得眼睛都亮了起来。

"请进！"厨房里传来一声招呼。

"你把背包落在我们家了。"妈妈亲了下海格说。

海格牵起拉尔斯的手，拉着他一起去花园。

"我有了一套新的保龄球玩具。"

"哦，太棒了！"拉尔斯笑着说。

"喝咖啡吗？"海蒂阿姨问妈妈。

"不用了，我们就待一会儿。"

"但是咖啡已经准备好了。"

"哦，这下我可不能拒绝了。"

"要一起去外面坐会儿吗？"阿姨问。

"当然好啊，这么好的天气。"

"再看看我们的新露台。"阿姨自豪地指了一下。

海格小心地把保龄球瓶立好，

拉尔斯也拿着保龄球准备好了。

阳光刺痛了他的眼睛。

"我好高兴我们现在在这儿。"小黑说。
"为什么？"拉尔斯问。

"你说什么？"海格问。
"哦，没什么。"拉尔斯回答。

"因为现在我能再次触摸海格。我是说，触摸她的影子。"小黑回答。
"真受不了你。"拉尔斯哼了一声。
"什么？"海格问。
"我可以开始了吗？"拉尔斯问。
"不行，我先给你示范一下应该怎么做。"
拉尔斯把球往她的方向抛了过去。
海格刚好接住了球。
她用脚在草地上画了一根线。
"从这里扔。每人每轮扔三次。"她说。
她紧闭上一只眼睛，单眼瞄准保龄球瓶。

"跟着站到她边上去！"
拉尔斯摇摇头，但没说什么。

海格把保龄球向球瓶中央抛去，
球瓶被击倒了。
"太精彩啦！"小黑大声欢呼起来。
"还有两个蓝色的瓶子没倒呢！"拉尔斯指出。
"我还有两次机会。"海格说。
海格瞄准剩下的蓝色球瓶投球，
这一次她扔偏了。
"哦，太可惜了！"小黑喊道。
"只有一次机会啦。"拉尔斯喊。

“这次一定能行！”海格说。

保龄球旋转着滚向蓝色的球瓶。

第一个马上就倒下了，

第二个晃了几晃，接着也倒下了。

海格欢呼起来，

小黑也和她一起欢呼。

海格把保龄球递给拉尔斯。

“现在轮到你了！”

“让她赢。”小黑悄悄说。

“你别管，行吗？”

“你说什么？”

“哦，没什么。”拉尔斯回答。

海格无所谓地耸耸肩。

拉尔斯将一条腿移到身后，准备抛球。

他的身体微微晃动。

“哈！”小黑在拉尔斯即将扔出球的那一刻突然喊道。

保龄球向反方向滚去了。

“这可太偏啦。”海格哈哈大笑。

“这次不算，因为小黑故意给我捣乱。”拉尔斯说。

“谁？”

“小黑！”

“你又和你的幽灵在一起了？”

“是影子，”拉尔斯更正道，“他在我快要扔出去的时候喊‘哈’。”

“我什么都没听见。这次必须算。”海格说得很严厉。

“好吧。我接着打也能把这些都打倒。”

拉尔斯准备好扔第二次了。

“你们想喝点什么吗？”海蒂阿姨喊。

“想喝果汁！”海格回应。

“那你呢，拉尔斯？”阿姨问。

"可乐！"他回答道。

海蒂阿姨站起来去厨房拿饮料。

妈妈给两个球员拍了张照。

拉尔斯轻轻晃动手臂。

晃了一下，又晃一下。

"你还要晃多久？"小黑问。

"别烦我。我正准备着呢！"拉尔斯低声念叨。

海格摇了摇头。

拉尔斯把球扔了出去，小黑这时又喊了一声："哈！"

"可恶！"拉尔斯喊。

海蒂阿姨把饮料放在桌上。

"我好——渴！"海格大喊着，飞快地跑向露台。

拉尔斯还停在那儿。

他要和小黑好好"算账"。

"你够了！"他说。

"这只是场小小的游戏。"小黑笑着说。

"我希望你不要再插手这场游戏了。你一直在让我分心。"

"你是个糟糕的失败者。"小黑还是咯咯笑着。

"好吧，如果是这样，我就叫海格进屋里玩，那样至少我不用再见你。"

拉尔斯使劲用脚去踩小黑。

"拉尔斯在干吗？"海蒂阿姨问。

"他在和小黑吵架。"海格解释说。

然后她咕噜咕噜喝下一大口果汁。

"小黑？谁啊？"

"他的影子！"海格点着头说。

妈妈耸了耸肩。

她们默默地看着拉尔斯奇怪的动作，他好像在自言自语。

提问

半夜里,

拉尔斯醒了过来。

他看了一眼闹钟。

两点。

他想到小黑。

拉尔斯一整天都没理他,因为他在海格家的行为太令人讨厌了。

他会生我的气吗?拉尔斯自问。还是说他在黑暗里生不了气?也许他现

在在一个火柴盒里睡得正香呢。

拉尔斯摸摸他的手臂,他的脑袋,他的鼻子,他的头发。

这些小黑都做不到,

他摸不到东西,

什么都摸不到。

拉尔斯想象不出没有身体会是怎样的。

没有手臂,没有腿,没有头。

小黑看起来有个脑袋,但那并不是他的头。

那只是我的头的影子,拉尔斯想。

拉尔斯越想小黑,就越睡不着。

许许多多的问题围绕着他,

问题越绕越多。

他伸手到床下摸了摸。

我现在能把小黑叫醒吗？他想。

还是说，他其实一直都醒着？

拉尔斯从床底下摸出手电筒。

他坐起来，拿手电筒对着自己照。

小黑瞬间出现了。

"怎么了？"小黑问。

"我睡不着。"拉尔斯打着哈欠说。

"你把我叫出来就因为这个？"小黑说。

"是啊。我睡觉的时候你到底在做什么？"

"我就待在我的世界里。这我早就给你说过了吧？"

"确实，"拉尔斯点点头，"但是，我还是不明白是怎么一回事。"

"什么事？"

"就是，像太阳那么大，又像针头那么小。"

"这对你来说是个问题，但对我来说就是个常识。"小黑微笑着说。

"你那边的世界总是一片漆黑，那你不就什么都看不到了吗？"

"是看不到，不过反正我也没有眼睛。"小黑说。

"那你也看不见我吗？"

"我不能像你一样'看见'，但我能感觉到你。"

拉尔斯举起手。"我正在做什么？"他问。

"你举起了你的右手。"

"答对了。你是怎么知道的？"

"这不难。你的手就是我的手。你动的时候，我也动。"

"但必须要有光，是吗？"拉尔斯强调道。

"没错。"

"你还能看到别的什么吗？"

"你是说我还能'感觉'到什么吗？我感觉到了房间里所有的影子。
你的床的影子，椅子的影子，布偶的影子。"

"那你也能看到我柜子里放了什么吗?"

"不,看不到。不过要是有光照进柜子里,
我就能感觉到里面放了什么了。"

"是通过木头感觉到的吗?真奇怪。"拉尔斯不明白,

"你是真的存在的吗?"

"和你一样真。因为你存在,所以我才存在。你是我存在的唯一的条
件。"小黑回答道。

"你吃什么?喝什么呢?"

"什么都不用,实际上我永远不会饿,也不会渴。"

"那你什么味道都尝不到吗?"

"不会啊。我能尝到太阳的味道。"

"但是你不能真的咬一口太阳尝味道吧?"

"你大概不行,但是我可以啊。"小黑微笑着说。

"我希望能变成你!"拉尔斯低声说。

"你变成我?"小黑笑了。

"可以吗?"拉尔斯问。

"今晚是新月夜。可能行得通,如果……"

"如果什么?"拉尔斯忍不住问。

"如果你想变成我,我就必须变成你。"

"你变成我?妈妈要是只看到个影子会被吓坏的。"

"不,不是这样的。我会用你的身体,你用我的影子。"

"太棒了!"拉尔斯喊,他欢呼着在床上跳了起来。

"小心点。他们会听到的!关灯!"小黑提醒道。

妈妈睡眼惺忪地走进房间里。

她打开灯。

"拉——尔斯?"她问。

"怎——么了?"拉尔斯打着哈欠,捏着嗓子从羽绒被底下钻出来。

妈妈走近床边。

“刚刚是你吗？”她问。

“什么？”

“我听见你的床嘎吱嘎吱响，”妈妈说，“我还听见你欢呼的声音。”

“你肯定是做梦了，妈妈。”

妈妈来到床边，亲了一下拉尔斯。

他有点不一样，她想。

她在他的脸上轻轻摩挲了几下。他的皮肤还是那么软，但比平常凉了点。

妈妈打算出去了，但是她有点犹豫，关灯前又回头看了一眼。

拉尔斯在妈妈走进来的时候变成了小黑。

突然地，一瞬间就变了。

小黑在床上躺了很久。

他轻轻抚摸着自己的皮肤。和“幸运”一样软。

他感受着他的头发，他的嘴，他的嘴唇，他的舌头。

他试着把大拇指伸进嘴里，

第一下没有成功，

他还不习惯自己做动作。

以前他都是跟着拉尔斯的动作做的。

试了三次后成功了。

把大拇指含进嘴里尝味道很奇怪。

他能用他的手抓住他的脚吗？

小黑不知道该怎么做。

不往前弯腰能抓到吗？

不行。

他坐了起来，这下子抓到了。

小黑感觉到了羽绒被。

它摸起来非常舒服。

他抓过布偶咬它的耳朵。

尝起来带着“耐心”的味道。

他试着下床，但这有点困难。

49

他要怎样才能双腿站立而不摔倒呢?

他紧紧抓住床架。

一开始还摇摇晃晃的, 但总算站起来了。

房间里黑漆漆的。

他摸索着往开关的位置一路找去。

这一段路走得非常辛苦, 因为他到处乱撞。

他终于找到了开关, 按亮了灯。

强烈的光刺痛了他的眼睛。

用眼睛看的感觉很奇怪。

但他很快适应了视觉。

所有东西一下子都不同了, 完全不一样了。

不过他很快就适应了这个全新的世界。现在他能看见色彩, 听到声音, 摸
到东西, 还能自由活动。

慢

小黑坐在早餐桌前，
他闻着咖啡和面包的香味，
还有妈妈的香气。
妈妈给他倒了杯牛奶，
他感到身体里有什么东西在啃。
这就是饿的感觉吗？他想。

小黑看起来和拉尔斯一模一样，
比双胞胎兄弟还像。
现在，小黑就是拉尔斯。
他有和拉尔斯完全相同的眼睛、鼻子、手、手指，
胎记也在完全相同的地方。
妈妈以为坐在桌边的就是拉尔斯。

小黑小心翼翼地尝了口牛奶。
"唔……是妈妈的味道。"他喃喃道。
"牛奶酸了吗？"妈妈问。
"我觉得没坏。"小黑回答。
妈妈从他手里拿过杯子尝了尝牛奶。
"没什么问题。味道很好。"她说。

小黑咽了一口。

牛奶轻柔地滑过他的喉咙。

他喝完了整杯牛奶。

"我可以再喝一杯吗?"他问。

"你之前从来没要过第二杯呢。当然可以了,喝吧。"

"你今天准备干什么?"妈妈问。

小黑不知道该怎么回答。

"嗯?"妈妈问。

"玩游戏?"他回答得不太肯定。

"你还没玩够吗?假期是不是太长了?"

"没有啊,我觉得挺好的。"他吞吞吐吐地回答道。

"好吧。我待会儿要去超市。你想一起去吗?"

"好呀,我也去。"小黑点点头。

妈妈盯着他看了好一会儿。

"你有点不一样。"她说。

"不一样?"小黑问。

"是的,你的反应跟平时不一样。你是在和我玩什么游戏吗?"

小黑耸耸肩,不好意思地笑了一下。

"小傻瓜。"她微笑着,手指摸了摸他的头发。

小黑在她的抚摸下打了个战。

这种感觉就是快乐吧,他想。

他快步跑了出去,生怕妈妈问出更多的问题。

当他走到外面时,他的眼睛感到一阵刺痛。

对于长期生活在黑暗中的人来说,阳光实在太强烈了。

他望向天空,

太阳藏在一片忧郁的云朵后面。

小黑好奇地走来走去,

他不知道应该先做点什么。

他深吸了一口花园的香气，

紧张的小鸟们在大树上飞来飞去，

草地湿漉漉的。

小黑立刻脱下他的鞋子。

他一步一步滑行在清晨的草坪上。

好舒服啊，他想。我的脚趾也感受到了一丝快乐。

太阳从云朵后面出来了。

"嗨！"

小黑看见拉尔斯出现在他面前。

"真高兴见到你！"小黑招呼道。

"情况怎么样？"拉尔斯问。

"嗯，站在另一面的感觉实在太棒了，不过也很奇怪。"

拉尔斯试着跟上小黑的动作。

小黑举起手，

拉尔斯也跟着举起手。

小黑突然往上跳，

拉尔斯也跟着跳。

但总会慢上一秒。

"太慢了！你必须在我动的同时做动作。"小黑指示道。

"我知道我还得多练习练习。毕竟你也清楚，我刚刚才成为一个影子呀。"拉尔斯抱歉地说。

"成为一个影子的感觉怎么样？"小黑问。

"感觉很奇怪，很不同——非常不同。周围一片漆黑，没有身体，甚至连形状都没有。我就是一片阴影，和其他的影子一样。"

"不能看到东西的感觉怎么样？"

"非常奇怪，但很快就能适应。我现在只能感觉到你了。

但这种感觉就好像视觉。我也能感觉到你的动作，感觉到声音，还能感觉到气味和味道。这些都和原来的感觉不同,但同时又是一样的。"

"你说得很对!"小黑点头,"我现在最享受的就是触摸各种东西。这是我之前绝不可能做到的。今天早上我感受到水流过我的皮肤。太美妙了。这感觉就像'希望'。"

"像'希望'?"拉尔斯笑了。

"是的,水流走了,流进河流,流进大海,蒸发,然后又回来。"

"即使我现在成了影子,也不明白你的意思。"拉尔斯说。

"好吧,我的意思是,水和希望一样总是会回来的。"小黑解释道。

突然,小黑跑了起来。

"嘿,你现在在干吗?"拉尔斯惊讶地喊。

"你永远跟不上我!"小黑笑着喊。

拉尔斯跟了上去,但总是隔着一两米的距离。

小黑忽然转了个身,

他撞上了拉尔斯,不过他们俩都没感觉到。

小黑的速度让拉尔斯又一次感到惊讶。

现在他和小黑的距离又拉大了。

妈妈打开了阳台上的门。

她已经站在那里看了好一会儿了。

"拉尔斯,你在干吗?"她朝他喊。

"在和小黑玩游戏呢!"拉尔斯回答。

"拉——尔斯,听不到我说的话吗?你在干吗?"

"我在玩游戏,妈妈!我不是跟你说了吗?"拉尔斯又大声喊了一遍。

"她听不见你说话。"小黑悄悄说。

"你说什么?"妈妈问。

"我在锻炼。"小黑回答。

"锻炼?"妈妈问。

"是啊,为了参加九月的学校越野赛。我想赢。

不锻炼可赢不了。"

"哦,好吧,"妈妈放心地说,"一起去超市吗?"

"去！"小黑喊。

拉尔斯陪他一直走到家门口。

"叫她买酸酸小熊糖。"他在小黑身后喊，

"我最喜欢这个糖了。"

拉尔斯融进了房屋的影子里。

超市

小黑走在妈妈后面，
他推着购物车，
双手紧握着圆圆的把手。
这种感觉就像"力量"。

整个超市感觉非常特别。
走在货架之间，小黑闻到了很多种气味。
这些气味不合适放在一起。
特别是在蔬菜水果的货架前。
香蕉闻起来像"关怀"，大蒜闻起来像"厌恶"，
他不知道该对这样相互冲突的气味怎么评价。
当他路过洋葱的时候，他的眼睛开始感到刺痛。
小黑把鼻子凑过去，
他想闻出"悲伤"的气味。

一位女士生气地把他的购物车推开：
"别挡路。别人可都忙着呢。"
她推着购物车绕过小黑。
他在她身上闻到了"厌恶"。
即使喷了浓浓的香水，也掩藏不了这种气味。

"拉尔斯，还不过来？你得跟紧我！"妈妈朝他招招手。

"你最好注意点你的儿子。这儿可不是什么游乐园。"

那个女人穿过妈妈身边时嘀咕了一下。

妈妈摇着头把两罐咖啡放进了购物车。

他们转到饼干和糖果的货架前，

这里闻起来像"温馨"，小黑觉得。

"你可以选一袋糖果。"妈妈说。

小黑想起拉尔斯的话，

但他不知道小熊糖看起来是什么样的。

他走过整排货架。

"我找不到小熊糖。"在货架前又溜达了一遍后，他叹着气说。

"怎么会找不到呢？"妈妈问，"它们一直在同一个位置。"

"哪个位置？"小黑问。

"那里！"妈妈指着货架中间的位置说。

小黑仔细看了一遍所有的糖果。

妈妈皱起眉头看他。

有什么不对劲的地方，她想。

又过了好一会儿小黑才发现小熊糖。

"找到啦！"他喊了起来，得意洋洋地把糖果袋高高举起。

"总算找到了！"妈妈叹气道。

小黑撕开包装袋，抓起一把小熊糖就塞到了嘴里。

"你在干什么啊？"妈妈生气地说。

她从他手里抢过糖果袋。一些小熊糖掉到了地上。

小黑惊讶地看着她。

"你再这样的话，几个星期也别想吃酸酸小熊糖了。"

"对不起。"他咬着牙，拉着脸说。

他不明白为什么拉尔斯喜欢这些小熊糖，

它们尝起来是"忧伤"的，

根本不好吃。

他宁愿全都吐出来。

但他不能这么做，

不然妈妈会更生气的。

妈妈指向冷冻区。

现在小黑必须走在前面，这样她就能更好地看住他。

小黑冷得打战，

他一点都不喜欢这儿，

冰冷的感觉很不好，

就像"悲伤"，

或者说更像"哀悼"。

他想以最快的速度逃离这排货架，

但是妈妈还在冷冻鱼肉边上犹豫不决，

小黑甚至都没注意到她最后把鳕鱼放进了购物车里。

一个小女孩背对他站着。

她在看书。海格！他想。

他发现自己有种奇怪的感觉。

他感觉肚子里发痒。

一阵快乐的感觉在他的身体中蔓延。

货架上的玩具又吸引了女孩的注意力，

她从货架上拿了台玩具跑车。

小黑慢慢挪动到她身后，

她的头发闪闪发亮，

小女孩不知道有人紧紧站在她身后。

她摸起来会是什么样的感觉呢？小黑想知道。

他伸出手，还差几厘米就要碰到她了。

小女孩突然转过身来，

就好像她感觉到了有人想要碰她。

"你想干什么？"她问。

小黑立刻收回手。

"你根本不是海格！"他惊讶地说。

"当然不是，我是茉莉。"小女孩说着把玩具车又放回了货架上。

真可惜，小黑想，我真的以为她是海格呢。

妈妈走了过来。

"我说过你要待在我身边！"她生气地说着，把购物车推到他手里。

小黑乖乖跟过去。

他不想再惹她生气了。

到了停车场，妈妈推着沉重的购物车走向自己家的汽车。

她打开后车厢，

小黑帮忙把东西装上车。

突然，太阳出现了。

"你买了酸酸小熊糖吗？"拉尔斯出现在他旁边的车身上，问道。

小黑装作没有听见的样子。

"我觉得和妈妈一起购物很棒，你也这么觉得吧？"拉尔斯问。

小黑仍然沉默着，没有说话。

妈妈关上后车厢门，把购物车推了回去。

"为什么你不回答我？"拉尔斯问。

"我当然不能在你妈妈还在的时候回答啊。而且，我不喜欢你的小熊糖。"小黑压低声音说。

"你疯了，没有比那更好吃的东西了！快给我颗小熊糖。"

"我不能给你，糖在后车厢里。而且，你要怎么吃小熊糖呢？"

"当然是用我的嘴吃喽！"拉尔斯回答。

"你没有嘴，你甚至连小熊糖都抓不住。"小黑笑着说。

妈妈在远处站着。为什么拉尔斯在那儿朝自己笑？

她完全没有头绪。

爸爸

"你睡着了吗？"妈妈问。

爸爸朝她转过身。

"怎么了？"他问。

"你听到什么了吗？"

爸爸抬起头听了听。

"没什么。"他说着又把头靠回了枕头上。

"拉尔斯好像又在说话了。"她轻轻说。

"和谁说话？"

"和他自己。"妈妈回答。

"和他自己？"爸爸惊讶地重复了一遍。

"我不知道他怎么了，他都不像他了，今天下午直接就撕开了小熊糖的袋子。"

"在你们到柜台付钱之前吗？"爸爸问。

"是啊，他以前从来不会这么做的。"

"嘻，那就是小孩子的恶作剧。你不用再查什么原因了。"爸爸打了个哈欠，闭上眼睛。

妈妈还是睁着眼发呆。

"他感觉起来也有点不同寻常。"她忽然说。

"怎么说？"

"他的皮肤摸起来不一样了，他看东西的样子、说话的样子都不一样了。有时候我觉得拉尔斯不再是原来那个他了。"

"你这都说些什么啊？"爸爸愤愤不平地说，"我没看到也没听到任何不同。"

"我知道，这听起来也许很奇怪，但是有时候我真的这么觉得。"

"嗐，男孩子都这样。他可能想得到点关注。男孩子常会用奇怪的方式表现这一点。"

"你小时候也这样吗？"妈妈问。

爸爸望着天花板。

"我小时候也做过奇怪的事。谁没有呢？我还清楚地记得以前有个堂弟来我们家住了一个星期，我那时候完全没有理他。"

"那他原本是来和你玩的吗？你妒忌他？"

"我想是的。他从我爸爸那儿得到了更多的关注，比我曾经得到的都多，这让我耿耿于怀。"爸爸说。

"那你一句话都没对他讲过吗？"

"一个字都没有。"

"你开玩笑吧？"

"千真万确，我发誓。我没能让自己表现出最美好的一面。"爸爸坦白地说。

"还真是，"妈妈暗笑着说，"你跟自己讲过话吗？"

"讲过。我以前有时候会跟一个不存在的朋友讲话。一个想象出来的朋友。"爸爸老实地说。

妈妈回想了一下。

她想到从前。

"其实我也讲过。我以前很喜欢玩商店游戏。我就会和顾客讲话。"

"不存在的顾客。"爸爸补充道。

"对，差不多，他们就像我班上的同学。他们并不真的在那里，但我能看见他们。"

爸爸微笑着躺得离妈妈更近了点。

"这下你明白了吧！"他笑了。

"明白什么？"妈妈问。

"拉尔斯和每一个正常的小孩一样。你真的不用担心。"

"你是对的。或许我只是在瞎操心吧。"

"问问海格能不能再来和他玩一趟，这样他就不用想象一个朋友了。"爸爸微笑着说。

"好主意。明天我就给海蒂打电话。"

爸爸把手臂垫到妈妈脑袋下面。

"要是没有我你该怎么办？"他微笑着问道。

"我也不知道！"妈妈笑了起来，使劲挠爸爸痒痒。

黑洞

今天多云。

小黑站在窗前。

他很想和拉尔斯玩,但拉尔斯只有在阳光照耀的时候才能出现。

在影子们的世界里,阴天是忙碌的日子。

影子们在那儿起泡、酝酿,就像在蜂巢里一样。

每个影子都想出去,但没有太阳就出不去。

那里的阴天和晴天完全不同。

一旦太阳出来了,影子们的世界就空了。

小黑当影子的时候不喜欢阴天,

等他当上了人类也不喜欢阴天。

拉尔斯现在感觉怎么样呢? 小黑想着。

他必须得习惯那里,

影子们都生活在绝对的寂静里,

拉尔斯还不适应。

他一定会感觉很奇怪,

但影子们也都生活在完全的黑暗里。

拉尔斯只需要注意别碰上黑洞,

黑洞会吞噬影子。

那是一个进去了就再也出不来的洞。

每一百年里会出现几次黑洞。

每当那时，你就要离它远远的。

但他觉得这个世界更危险。

在这里，你要注意安全地穿过马路，

安全地走下楼梯，

小心别从屋顶跳下来，

别从自行车上摔下来，

不能把手指插进插座里，

不要在浴缸里淹死……还有其他数以千计的注意事项。

作为人，你真的必须非常谨慎，小黑觉得。

"我打过电话给海蒂阿姨了。"妈妈说。

"为什么呀？"小黑问。

"我问海格要不要来玩。"

"哦，太棒啦！"小黑睁大眼睛笑了。

他感觉后背一阵战栗，

手臂上的汗毛都立了起来，

他只听到海格的名字就已经这样了。

"她什么时候来？"他问。

"再过一刻钟就到了。"

异样

海蒂阿姨在赶时间，

她得去工作了，

就只把海格送到了大门口。

小黑站在厨房门口等着，

他实在不知道应该做点什么来欢迎海格。

他该简单地说声早上好吗？

还是应该和她握个手？还是亲一下？

他走到海格面前，选了最后一种。

他在她脸颊上亲了一下。

海格推开他。

"你干吗？"她问。

"没什么，亲你一下。妈妈也亲了啊。"他回答。

"好吧。但是拜托你别把这当成习惯。"她一边说，一边擦了擦脸。

"见到你我真高兴。"小黑赶紧转移话题。

"咱们接下来干吗？"海格问。

"去外面玩？"

"不要，没兴趣，"海格说，"外面快下雨了。"

小黑拿来他的画笔盒。

海格挨着他坐到了桌子前。

海格画奶奶和爷爷的房子。她几乎每次都画这个。

房子很快画好了。奶奶像往常一样在改试卷。拿着一支红笔。爷爷在修剪草坪。海格坐在秋千上，秋千就挂在胡桃树上。小黑认出了那个秋千。他觉得当影子时和秋千一起摆动非常有趣。

小黑不知道拉尔斯平常都画些什么。

他看着海格，尝试着画她的脸。

他觉得这有点难，因为这是他第一次画。

先是嘴巴画得太大了，然后眉毛又画得太低了。

小黑还是觉得很开心，因为他可以想看海格多久就看多久。

她是这么美，但他没办法把她好好画在纸上。而且，用这么圆的铅笔画画也不容易了。铅笔好像不停地从他的手指间往下滑。

海格在奶奶和爷爷的房子旁画了三棵树。

"看！"她指着树，把作品展示给他看。

"这是树？"小黑问。

"这是谈话树！"她瞪大眼睛说。

"它们不会真的讲话。"小黑笑了笑。

"它们会，爷爷能听懂他们的话！"海格反驳道。

小黑认识谈话树的影子。这些树并不会真的讲话。爷爷是一位作家。爷爷的话并不总是可信的，但他没再说什么。

小黑把他的画揉成一团重新开始画。

"怎么了？"海格问，"画得不好吗？"

"不好，"小黑叹气道，"你太美了。"

"你在胡说些什么啊？"她问。

"我觉得你真漂亮。又可爱，又有趣。"

"可以啦。你之前从没和我说过这些话。"海格不好意思地笑了。

"之前我也说不了呀。当影子的时候你听不见我的声音。"

"你说什么？"海格问。

小黑意识到他说漏嘴了。

"哦，没什么。"他回答，然后继续画画。

"有点不对劲，告诉我怎么回事。"

海格抓住小黑的手让他停下来，但她很快就把手缩了回去。

"你的手感觉不太一样。"她吓了一跳。

"妈妈也这么说过。"

"为什么？"海格惊讶地问。

小黑沉默了。

他现在说的任何一个字都是不该说的。

他是在揭自己的底。

"到底怎么了？拉尔斯你说！"她要求道。

小黑还是沉默着。

"好吧，如果你什么都不说，我就去问你妈妈。"

她从椅子上跳下来。

"不，不要这样。她什么都不能知道。她会担心死的！"小黑轻轻说。

"说！"

小黑朝周围看了看。

"不能在这里说。她可能会听见我们的话。"

"那哪里可以说？"海格不耐烦地问。

"到花园库房里。"他悄悄说。

等五十年

小黑仔细关上花园库房的门。

他又透过小窗户看看外面，确认妈妈没有跟过来。

海格交叉着胳膊不耐烦地等他说。

"听着，海格，是这样的。虽然我看起来像拉尔斯，但我其实不是拉尔斯。我是小黑，他的影子。"

海格睁大眼睛笑了起来。

"拉尔斯，别再编瞎话了。"

"我是小黑。"小黑纠正道。

"你看起来像拉尔斯。"

"看起来就是拉尔斯！"小黑点头。

"但你举动真的有点不一样。你可是真的很会演戏的，我才不上当呢。"

"你必须相信我！"小黑坚持道。

小黑讲述了交换身份的整件事，拉尔斯现在还停留在影子的世界里呢。

海格摇摇头。

"这根本不可能。"

"如果你不相信我，我会证明给你看。待在这儿，我马上回来。"

小黑跑回家，跑进他的房间。

他一把抓起手电筒。

妈妈站在楼梯边。

"怎么这么着急?"当他冲过去时她问。

"海格在倒计时,我要找个暗一点的地方藏起来。"他解释道。

妈妈微笑着摇了摇头。

幸好海格来了,这下他忙起来了,她想。

他进去的时候海格还保持着同样的姿势。

"把窗户遮起来!"小黑说。

"为什么?"海格问。

"我们必须让里面完全暗下来。我会让你见到拉尔斯的。"

海格耸耸肩,但还是照他说的做了。

在除草机后面有一大块纸板。

小黑递给海格手电筒。

"给我照明!"他一边拿出一卷透明胶带一边指挥道。

"然后呢?"纸板固定住后她问。

"现在把手电筒照向我,注意要让我的影子出现在墙上。"

海格试着从各种角度照向他,但是始终没有影子出现。

"行不通。"她说。

"能让我对你试一次吗?"小黑心急地说。

他照向海格,她的影子立刻就出现在了墙上。

"奇怪了。"她说。

"显而易见。要是拉尔斯不能很快出现的话,我们就要永远失去他了。"

"拉尔斯?你就是拉尔斯啊!"海格笑道,她还是不相信小黑讲的话。

"但是海格,你现在也亲眼看到了有不对劲的地方。当你照着我时,墙上应该出现一个影子。"

"我知道,但这也可能是个小把戏。"

"这根本不是什么把戏。再试一次。这次一定能成功。"

海格完全照到小黑身上。

还是没有影子。

"我希望他没有被黑洞吞噬掉。"小黑开始发抖。

"你到底在胡说些什么?"

"黑洞会吞噬影子。被吞噬的影子再也回不来了。"

"还是一直没有影子。"现在她的眼神也有一点不安了。

"如果拉尔斯不出现,他必须等五十年才能回来。"

"五十年?"海格吞了下口水,"那时候他就和爷爷现在这样老了。"

小黑点点头。

"而且我也要在你们的世界等这么久才能回到影子的世界。"

海格沉默地看着他。

她已经不知道该怎么想了。

"我们能做什么?"她叹气道。

"再试一试!"小黑要求道,同时紧张地走来走去。

"要是你现在能停下来,那我至少能好好给你打光。"

小黑停下来,像雕塑一样一动不动地站好。

海格照他的头,照他的肚子,照他的腿。照完一整圈后她又从头开始。

渐渐地,她看见墙上出现了一个模糊的影像。

"我看到什么了!"她喊起来。

小黑仍然笔直地站着。他屏住呼吸,一只眼睛看向墙壁。一分钟后影子完全出现了。

小黑松了一口气。

"你终于出现了!"

"对不起,我被其他影子拦住了。"

"我还以为你被黑洞吞噬了。"

"才没有。我甚至不知道你在说什么。"拉尔斯得意地笑了起来。

海格不知道发生了什么。

她只听见小黑的声音。

"看看我边上的是谁。"小黑说。

"嘿,海格!"拉尔斯打招呼。

海格还是看着影子,但她没有回答。

"你怎么不回我的话,海格?你见到我不高兴吗?"

海格没有回答。

"她听不见你。你不是知道吗?"

"这个游戏还得玩多久？"海格生气地问。

"我怎么才能向你证明我现在是一个影子呢？"拉尔斯问。

"我不知道。"小黑叹气。

"告诉她好好看着我。"

"拉尔斯让你好好看着他。"小黑重复道。

"那我还得继续照着你吗？"海格问。

"当然，否则行不通。"

小黑没动，拉尔斯举起了手。

"你是怎么做到的？"海格问。

"我什么都没做。是影子拉尔斯。"

"你好！"拉尔斯喊道。

"你没必要喊。她反正听不到你。"小黑笑了。

"是听不到，但她能看到我。"他招着手说。

"你好，拉尔斯。"海格咽了下口水。

"你好，海格！"

"我不知道你是怎么做到的，但我觉得这太吓人了！"海格颤抖着说。

"拉尔斯不想让你害怕的。他只是想让你明白他现在是一个影子！"小黑解释道。

"停下来。好吗？我不喜欢这样装神弄鬼的！"海格大喊着，扔下手电筒跑了出去。

拉尔斯从墙上消失了。

"别跟我妈说！"小黑一边喊着，一边不解地盯着她的背影。

不同寻常

海格和小黑还是在一起玩。

小黑向她保证不再搞鬼。

相应地，海格也什么都不会对拉尔斯的妈妈说。

跟她说了也没用。她是不会明白的。

最终这还是愉快的一天。

太阳隐在云后。

拉尔斯没再出现。

海格知道拉尔斯有什么不对劲的地方。

他不一样了。

他笑得不一样。他说话不一样。他看东西不一样了。

不是特别明显。

不一样的都是一些小的事情。

他现在笑起来发出"咯咯"的声音，以前从来不这么笑。

他发不准字音，说"房子"的时候他说成"黄子"。

他眯着眼睛，好像光线让他很不舒服。

海格仍然不明白到底该怎么看待这件事。

她不相信拉尔斯会是另一个人。

但他为什么一直表现得这么奇怪呢？

他为什么要编造那个故事呢？

四点钟的时候他们一起喝果汁，吃巧克力饼干。

小黑微笑着看着海格，眨了一下眼睛。

他以前从来没有这么做过。

"你为什么眨眼睛？"

"不为什么，就是觉得你可爱。"小黑回答。

"我不要你跟以前不一样。"

"我没有啊。"

"你有。你以前从来不挤眉弄眼，你说话不一样了，笑也不一样了。"

"当然不一样啊。我是小黑。"

"你又来了？"

"我只是在说实话。你知道的……"

"我不知道。你向我保证过不再装神弄鬼的。"

"我没有。我只是说了我的真名。"

"我觉得之前的拉尔斯好多了。"

"你说真的吗？"小黑吞咽了一下。

他的心好像沉到了肚子里。

他突然觉得身体有点不舒服。

"我不喜欢你这样搞怪。"海格补充道。

"我没有搞怪。你以为我是拉尔斯，但我不是！"小黑酸溜溜地说。

海格愤怒地盯着他。

"好吧，如果是这样的话，那你就回你自己的世界去。

让真正的拉尔斯回来。我再也不想见到你了！"海格大声喊道。

"你不是认真的吧？"小黑哽咽了。

他的心好像停止跳动了。

"我是认真的。如果你不变回真正的自己，我就再也不和你玩了。我喜欢以前的拉尔斯。那个真正的拉尔斯！"

小黑心灰意冷地离开餐桌。他往外面走去。

"我还以为你是喜欢我的。"他喃喃自语。

海格耸耸肩，跑向拉尔斯的妈妈。

"我来帮忙，好吗？"她问。

"好啊，孩子。你不和拉尔斯玩了吗？"

"不玩了，他不想玩了。"她说了谎。

"那你就给蔬菜削皮吧。"妈妈点了点头说。

谈话

妈妈看见小黑从厨房的窗前跑过。

夕阳时不时地透过云朵露个脸儿。

小黑坐到了秋千上。他伤心地发着呆。

他低下了头。

妈妈皱起眉头。

"你们吵架了吗？"她问。

"没有啊，怎么了？"海格撒谎道。

"拉尔斯好像坐在那儿哭。"

"欸？"海格吃惊地说，"不是吧。可能是阳光太刺眼了。"我刚刚对他太凶了吗？海格想。他哭是因为我吗？

妈妈不太放心。

她敲了敲窗户，但小黑没有听见。

或者他假装没有听见。

而且他又开始自言自语了！妈妈吓坏了。他还一直在玩那些小把戏吗？这已经不正常了！我要听听他在讲什么。

妈妈悄悄打开后门，踢掉脚上的鞋子。

沿着草坪边，她小心翼翼地走到花园库房那儿。

她趴在草地上。

她把手围在耳边想听得更清楚点。

小黑没有看见她。

"我想尽快回去!"小黑说。

"我还想再多当会儿影子。这儿有好多新事物,我还没看够呢!"拉尔斯反对。

"不,明天中午我就要回去。"

"为什么你突然这么着急?你不是也觉得在那里很好吗?"

"海格不喜欢我。她想要你。她说我的行为很奇怪。

她想要原来的拉尔斯回来。"

"真的?那真贴心。"

"贴心?这对我有什么用?"

"拜托,让我再待久一点吧!"拉尔斯恳求道。

"不行,拉尔斯!"小黑压低声音吼道。

妈妈只能听到小黑说的话。

他到底都在胡说八道些什么?就好像有人在和他交谈一样。

而且他还说了拉尔斯?那可真的不太正常了,妈妈想。

"我想至少先见识下什么是黑洞!"拉尔斯坚持道。

"你现在是彻底疯了吗?如果你靠近黑洞,你会永远地被吞噬掉。"

欸?妈妈想。

"我会及时把自己拉回来的,不要担心。"

"不,那不可能。我警告你,无论是谁还是什么东西进入黑洞,就再也出不来了。这个洞会吞噬一切,所有东西,月亮、地球、太阳,甚至地球的影子。"小黑恐惧地说。

"哇,这我之前不知道。"拉尔斯抖了一抖。

拉尔斯到底在说什么?我根本听不明白,妈妈想。

"如果我是你的话，我会尽快回到这里！"小黑警告说。

"你这么想吗？"拉尔斯问。

"当然！海格想要你回来。你妈妈也是。"

妈妈微笑了一下，虽然她也没明白到底为什么。

"那我们怎么做呢？我什么时候回去？要等到新月的时候吗？"拉尔斯问。

"不，现在要反过来。当太阳升到最高点的时候。"小黑回答道。

"明天？"

"我们不能等太久，就明天！"小黑坚决地说。

拉尔斯和太阳一起消失了。

小黑微笑起来。他很高兴，很快就能回去了。

他开始愉快地荡起秋千，荡到他能达到的最高点。

妈妈悄悄走回了屋里。

她想要搞清楚拉尔斯的话，但她完全不明白。

她很担心。非常担心。

饭后，爸爸送走了海格。

他进来的时候，妈妈在看笔记本电脑。

"这么快就回来了？"她一边敲着键盘一边嘟哝着说。

"你妹妹还要出门。"爸爸说。

"哦，是吗？去哪儿？"

"她没说。"

妈妈没再问了。

她专心地读着屏幕上的内容。

"拉尔斯在哪儿？"爸爸问。

"他在外面。他又有奇怪的举动了。海格也看到了。"

"怎么了？"

"他又在自言自语。"

"和他想象中的朋友？"

"不，和他的影子。"

"这次又是什么样的胡话？"爸爸发起了牢骚。

"我很担心。我想他病了。"妈妈说。

"病？他壮得像头小牛。"

"或许是脑子里的病？"妈妈犹豫着说，"我在网上没查到太多信息。上面说孩子在玩的时候经常自言自语是很正常的。这甚至对孩子还有好处。"

"就是嘛。咱们小时候也这样的呀。"

"可你会和你的影子对话吗？"

"那倒不会。"

"这上面有人说，经常自言自语的孩子有可能是生病了。"

"要是你不确定的话，我们最好去看一趟医生。"

"真的吗？"

"听听医生怎么说。要是严重的话，他会帮我们转到专科的。"

妈妈点点头。

"好，就这样做吧。我马上和医生预约。"

太阳

小黑几乎整晚都没有睡。

他想要尽量多带走各种印象。

永远不会忘记的印象。

他倾听着每一种声音，并且试着找出这声音的源头。

这是他完全独自一人玩的游戏。

嘤嘤叫的蚊子。叹息的风。嘎吱嘎吱响的房子。

他捂住耳朵。他听见自己血液流动的声音，心脏跳动的声音，肠胃蠕动的声音，肚子咕噜咕噜叫的声音。

他触摸着每一个地方。

地板，墙壁，拉尔斯的毛绒小熊。

对影子来说柔软是"温馨"，

然而现在他能摸到他的感觉。

用他的手掌摸。

柔软就是柔软。

不更多。

也不更少

他摸着他的皮肤，他的头发，他的嘴唇。

他用指尖去摸，用手掌，用脚。

有一股柔和的气味。

他的气味。

他的床单。

还有床。

他用舌头舔了舔他的手指甲。

还试着用舌头去碰他的鼻子。

他停不下来。

他想牢牢记住所有的感觉。

他还能有几次成为人类的机会呢?

可能再也不会有了。

当拉尔斯变老, 他也会变老。

当拉尔斯开始佝偻着走路, 他也要佝偻着走路。

无论拉尔斯变得多老, 他永远都会是他的影子。

当拉尔斯不在了, 那我也就不存在了吗? 小黑自问。

第二天早晨, 小黑尽可能尝遍了所有他还没尝过的东西。

幸好妈妈不在这儿。

不然她一定会担心。

她正在浴室里洗漱。

小黑拉开橱柜的抽屉。

他拿起盐罐子, 撒了点盐在手心上。

呸, 这味道真糟糕!

爸爸竟然还把盐撒在薯条上。

接下来他尝了下胡椒。

呸, 这只能让他一个劲儿地打喷嚏。

妈妈竟然还把胡椒撒进汤里。

小黑打开了所有装调料的小瓶子。

不管他闻了、看了、摸了多少东西，他还是觉得远远不够……

他看向时钟。
一夜没睡，早上，他在床上躺了好长一会儿。
妈妈觉得没什么。
她也在床上待了很久。
毕竟现在是假期。
对她来说也是。

小黑站到窗前。
他往窗玻璃上呼了口热气。
然后用舌头舔掉上面的雾气。
凉凉的味道不错，他想。

还有整整一个小时，太阳就该升到最高点了。
小黑感到不安。
因为现在根本没有太阳，
天空满是阴云。

道别

妈妈坐在桌前,手边放着杯咖啡。

她在玩填字游戏,她很喜欢玩这个。

"过来坐,拉尔斯。"妈妈说。

小黑又看了一眼时钟。

还有时间。

他还有一刻钟。

妈妈放下手上的铅笔。

她担忧地看着他。

"你感觉怎么样,孩子?"她问。

"很好,只是有点紧张。"他点点头说。

"为什么紧张?"

"不知道。没什么原因。"他撒谎。

"你不会是生病了吧?"

"没有。"小黑回答。

他其实根本不清楚生病是怎么回事。

他只知道,拉尔斯生病时从不出来晒太阳。

或许在他发烧的时候,他的身体早就够热了吧。

"你还在和你的影子讲话吗?"妈妈担心地问。

"有时候讲。"小黑坦白说。

"你昨天在秋千上是在和他聊天吗?"

"是的。"小黑老实地承认了。

"他说了什么?"

"哦,没什么特别的。"

"没什么特别的?影子说的话,不管是什么都很特别。"妈妈微笑着说。

"真的吗?"小黑问。

他的眼睛开始亮了起来。

"我还是有点担心。我觉得你和影子聊得有点太多了。"

"还好啦。"小黑说。

"我想今天下午带你去一趟医生那里。"

"为什么?我并没有生病啊,我早就说过了!"小黑被吓到了。

"没什么严重的。因为你和往常有点不一样,所以给你做个检查。只是这样而已。你怕吗?"

"不,一点都不怕!"小黑说。

"那你可比爷爷勇敢多了!他只要一想到医生就会害怕。"妈妈笑着说。

小黑看向时钟时怔了一下。

"我可以抱你一下吗?"他站起来说。

妈妈皱了皱眉头。

"当然可以,怎么现在突然想抱我了?"她问。

"就是……因为我爱你啊。"

"你这个超可爱的小宝贝。"妈妈一边说, 边把小黑拥入怀里。

小黑享受着这一刻。

他闭上眼睛想要牢记这 刻。

妈妈是他抱过的最柔软、最温暖的存在。

因此,她也是最可爱的。

他永远不会忘记这一刻。

即使到了影子的世界也绝不会忘记。

91

小黑从妈妈的怀里看了下时钟。

他放开妈妈，向外面跑去。

还有五分钟。

生活

小黑站在草坪中央。

他倒数着时间。

还有四分钟。

四个六十秒。

240, 239, 238……

还是没有太阳。

太阳藏身在一朵慢慢飘动着的云后面。

他的心跳越来越快。

他试着用脑子里的念头让云朵飘动得更快。

看起来似乎起作用了。

或者这只是个假象?

拉尔斯会准时出现吗?

他不会傻到不来吧?

这个时刻错过了就再也没有了。

阳光从云朵后面悄悄洒了下来。

太阳的温暖渗入他的皮肤里。

微风轻轻吹拂着他的脸庞。

这一刻的感觉美妙无比。

小黑身上感受到一种之前从没有过的感觉。

在影子的世界里没有。

在人类的世界里也没有。

任何文字都无法表达。

他感到后背传来一阵长长的战栗。

手臂上汗毛直立。

头皮也在颤抖。

这感觉持续了几秒钟。

接下来的一瞬间，消失了。什么都没有了。

拉尔斯闭着眼睛。

太阳现在到了最高点。

他的皮肤解冻了。

他脑海里的印象渐渐有了色彩，又渐渐加深，直到最后漆黑一片。

他转过身，朝着影子的方向。

"小黑！"他大声喊着。

小黑没有回答。

"小黑，说点什么。快说啊。我还有好多问题呢！"

随着太阳的消失，小黑，不见了。

拉尔斯很悲伤。

他跪倒下来，触摸着柔软的草地。

用他的双手，用他的头。

他用脸颊摩挲着草地，还伸出舌头舔着草地。

妈妈站在门口看着。

她走到他身边把他拉了起来。

"你真的该去看看医生了。"

拉尔斯没有反驳。

他明白她很担心。

有谁会舔草地呢?

他只是不知道妈妈会站在那里看到。

他很高兴自己回来了。

能听到,

能闻到,

能看到,

能尝到,

能摸到这一切,

能生活在光明中,

是多么美好。

他很快乐。

真正的快乐。

比以前更加快乐。

因为现在他知道生活在黑暗中是怎样的了。

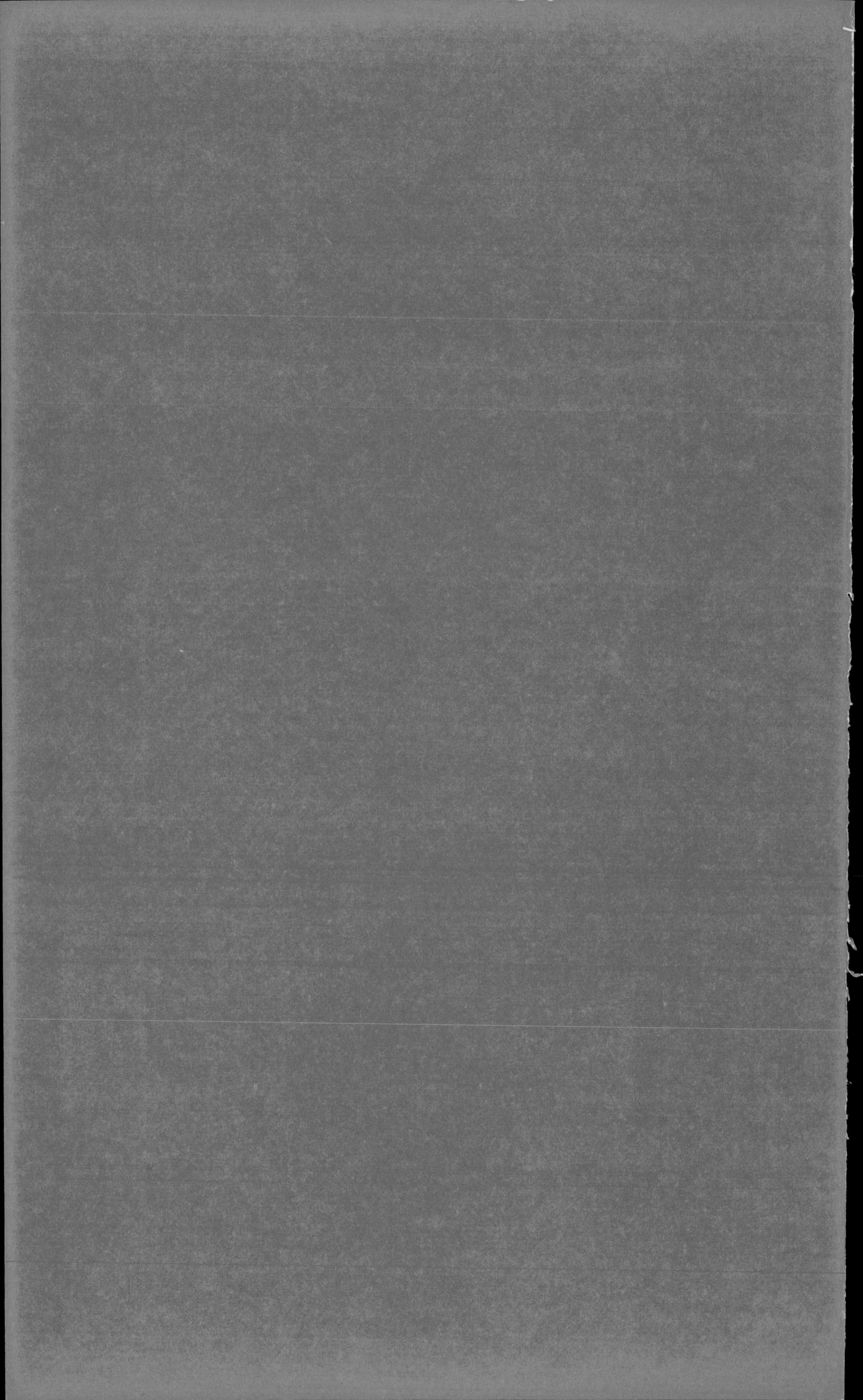